청어詩人選 228

적막행 寂寞行

김원길 시집

도서출판 청어

적막행(寂寞行)

김원길 지음

발 행 처 · 도서출판 **청어**
발 행 인 · 이영철
영 업 · 이동호
홍 보 · 천성래
기 획 · 남기환
편 집 · 방세화
디 자 인 · 이수빈 | 김영은
제작이사 · 공병한
인 쇄 · 두리터

등 록 · 1999년 5월 3일
(제1999-000063호)

1판 1쇄 발행 · 2020년 3월 31일

주소 · 서울특별시 서초구 남부순환로 364길 8-15 동일빌딩 2층
대표전화 · 02-586-0477
팩시밀리 · 0303-0942-0478

홈페이지 · www.chungeobook.com
E-mail · ppi20@hanmail.net
ISBN · 979-11-5860-832-3(03810)

본 시집의 구성 및 맞춤법, 띄어쓰기는 작가의 의도에 따랐습니다.

이 도서의 국립중앙도서관 출판시도서목록(CIP)은 서지정보유통지원시스템 홈페이지(http://seoji.nl.go.kr)와 국가자료공동목록시스템(http://www.nl.go.kr/kolisnet)에서 이용하실 수 있습니다.(CIP제어번호: CIP2020010492)

시인의 말

태초에 적막이 있었다.

아무 것도 보지 못하는 태아가 양수 속에서 모체의 심장박동만을 들으며 자라가는 동안 그가 느끼는 것은 평화와 고요, 또는 따스한 적막이리라.

생명은 따스한 적막 가운데서 와서 이승을 살다가 때가 되면 저승의 적막으로 간다.

사람은 적막을 싫어도 하지만 그리워도 한다. 그래서 어떨 땐 적막을 기피하고 어떨 땐 적막을 찾기도 한다. 기피하든 선택하든 마지막 이르는 곳은 적막뿐이다.

여기 쏟아놓은 잡다한 시편들을 주제별로 나누어보니 대충 열두어 가지가 된다. 그리움, 외로움, 이별, 고뇌, 방황, 회한, 절망, 체념, 영원, 달관까지.

그리움에서 달관까지의 파노라마는 결국 적막에서 적막으로 가는 사이에 거치는 정서적 간이역들이란 생각을 해본다.

1부에서는 그리움, 외로움을 다룬 시를 찾아서 묶었고, 2부에서는 이별과 회한을, 3부에서는 절망과 방황과 격정을, 4부에서는 체념과 영원을, 5부에서는 한거와 달관을 다룬 시편들로 차례를 삼았다.

이러한 시도는 내가 나를 보기 위해서이기도 하고, 독자에게 나를 보여주기 위해서이기도 하다.

우리의 인생이 적막에서 와서 적막으로 가는 여정은 마치 깊은 산속 옹달샘에서 흘러내린 물이 바다에까지 가는 동안 수많은 만남과 우여곡절을 겪는 것과 다르지 않다. 비로소 바다로 간 물은 다시 하늘로 가고 다시 비가 되어 내려서 땅속으로 스며서 다시 옹달샘으로 솟지 않는가.

일찍이 집을 떠나 길에 나선 아이가
떠돌다가 떠돌다가 마침내 돌아온 곳
여정의 마지막은 처음 떠나온 곳이었네.

이 시집을 엮으면서 생각나는 옛사람의 시가 있었다.

聲名非我期 명성은 내 기대하는 바 아니오,
寂寞固所欲 적막이 진실로 바라는 바라
江深鱖魚肥 강 깊어 쏘가리 살 쪄 있으니
此間生涯足 이 가운데 생애가 흡족하구료
–芝村 金邦杰

이번에도, 매번 그랬듯이 작품 몇 군데를 고쳐서 실었다. 그만큼 내가 둔재이기도 하려니와 작품에 대한 애착 때문이니 어쩌랴. 이 버릇은 눈을 감을 때라야 끝이 날 것이니 용서를 빈다.

2020년 입춘절에
김원길

차례

4부 내 아직 적막에 길들지 못해

5부 나는 아무 시름없이

1부

그리운 율리아나

벚꽃 아래서

꽃이 흔들린다.
바람이 부나보다.

슬픔일까.
벽에 비쳐 일렁이는 물무늬같이
여리게 가슴에 와 일렁이는 것은.

꽃방울에 드나드는
벌같이
감상感傷이
내 짚은 이마에, 감은 눈두덩에
와서 지분거린다.

따수운 봄날
그런대로 화사한 꽃그늘에서
까닭 없이 잠기는
이 우수憂愁의 버릇은

잠결에도 흐느끼는
아기의 추스름같이
철 지난 설음의 가녀린 여운餘韻일까,

저만치 흔들리는
꽃을 볼 뿐인데.

환영幻影

저무는 강나루
적막을 보듯
여인은 스잔한 눈빛을 하고

나직이 울리는
물 젖은 음성,
연잎에 도닥이며 비 내리는 소리.

환영은
빛 맑은 초상肖像만은 아니네.
갈숲에서 울다 온 바람결 내음……

추회追懷는
허옇게 무리진 안개 되어 내리고.

비 먹은 나무처럼
흠뻑
젖어 있는 나.

아득한 곳 그녀는

바람이 불어옵니다.
풀언덕에 호올로
누워 있으면
살눈썹 간질이는 바람결 내음,
그녀 머리채 빗질하다 온
결 고운 바람이 불어옵니다.

냇물이 흘러옵니다.
더운 머리 식히려
여울에 들면
손가락에 매끈대는 봄 물살 소리,
그녀 하얀 발목을 핥다 온
보드란 개여울이 흘러옵니다.

서편 하늘 고웁게 물이 듭니다.
아득한 곳 그녀는
노을빛을 받고서
나 있는 하늘 쪽을 바라보는지.
물 어린 눈을 하고 바라보는지.
오늘도 하루해가 산을 넘습니다.

마법

그리운 율리아나,
어이 할거나.
나는 몹쓸 저주에 걸려
여인의 사랑만이 사슬을 푼다는
별난 마법에 걸려
괴물의 몸으로 빈 성에 숨어 사는
이야기 속 딱한 왕자.

율리아나, 그대 또한
멀리 외져 발길 없는 숲속 궁전,
백년을 옴짝 않고 누워 잠자니
내 입김 고운 뺨에 닿기만 해도
저승같이 깊은 잠 깨어날 텐데
어이 할거나, 나도 그대도
어이 할거나. 이 마법.

분홍신
–옛날 영화

모이라 사라
중학생 때 문화교실 '분홍신'에 나온
주연 여자 배우 모이라 시어러.
그 아득한 이름이 문득
입술에 맴돌다니!

사람이 발끝으로 서서 춤추는 걸
그때 서양 영화 속에서 처음 보았지.
사랑과 예술 사이에서 어쩌지 못하고
분홍신 신고 무대에서 하염없이 춤추다가
기진하여 죽는 것도 처음 보았지.

얼굴은 잊었지만 생생한 장면,
달빛 교교히 일렁이는 호수
호숫가 숲속 길로 은장식 쌍두마차
마차 속 연인들은 호수를 내다보고
마차 위에 마부는 졸고 있고……

그날 이후, 나는 정말이지
그런 숲길, 그런 호수를 갖고 싶었다.
달 아래 금물결 보고 싶었다.
사십 년 전 '분홍신'의 그 장면처럼
달빛 어린 호숫가 거닐고 싶다.

애염명왕愛染明王

저 인도 불교의 하나인
진언밀교眞言密敎에는
애염명왕이라 하는 멋쟁이 신神이 있다지.
눈이 셋
팔이 여섯
머리엔 사자관獅子冠에
온몸이 붉다 하니
우리네 옛 얘기 속 도깨비보다도
더 무섭고 더 밉것다.
헌데 밖으론 이처럼 분노의 정을 나타내나
내심 어쩔 수 없는 사랑을 가진 신神
애욕을 본체本體로 하는 사랑의 신이라나.

프랑스 동화 '미녀와 야수'에도 있지.
빈 궁전에 홀로 사는 괴물이 있어서
보는 이마다 까무러칠 정도였지만
가슴 속엔 한없이 슬픈 사랑을 지녀
맘씨 고운 처녀의 사랑을 얻자
아름답고 씩씩한 왕자로 변했다지.
여인의 참된 사랑 받기만 하면
흉한 허물 훌렁 벗게 되는
별나고도 끔찍한 마법에 걸려 있던
팔자 애꿎은 왕자였다지.

우리 모두 잘 아는 노트르담의 종지기
꼽추야 대순가 귀머거리에다가
귀먹은 거야 대순가 벙어리에다가
끝내주게 못생긴 콰지모도란 녀석,
오직 순정만이
오직 의리와 순정만이
춤추는 집시 여자 에스메랄다를
영혼 깊숙이 울려놓은 거 있지
그녀 죽자 동굴 속에 안고 가 그 곁에 눈감고
뼈 다 삭을 때까지 함께 손잡고
삭은 뼈가 바람에 뒤엉키도록……

우리 고구려의 바보 온달溫達
일자무식 산중 촌놈, 천지에 소문난 바보.
오죽하면 그 바보 대궐까지 알게 되어
울보공주 나무랄 적 '온달에게 보내겠다.'
아, 그것이 그 큰 그리움의 싹 될 줄이야
공주 덕에 글 깨치고 사랑 덕에 무술 배워
오랑캐 쳐부수러 갑옷 입고 말을 타고
긴 창 잡고 출정出征할 때
배웅하는 공주 가슴 얼마나 벅찼을까!
장수 되어 나라 지킨 온달 장군.

우리 신라의 선덕여왕善德女王
불공佛供 드리는 데까지 따라 다니던
사랑에 미친 사내, 지귀志鬼.
봉두난발蓬頭亂髮에 남루를 걸치고
절 마당 탑 그늘에 지쳐 잠든 지귀,
여왕이 가슴에 얹어 준 금팔찌 알아보고
아, 그 기쁨에 몸에서 불이 나서
아암, 나고말고, 꽃불이 나서
뛰고 춤추고 춤추며 뛰어선
육신을 다 사르어 열반입멸涅槃入滅하였지.

오늘은 어쩌자고 지지리 못난 자들만
하나 둘 문득문득 떠오르는가.
그 모양 그 꼴로도 사랑 가진 것들만
그 모양 그 꼴로도 사랑 받은 것들만
떠오르는가,

그대 가고 없는 지금
떠오르는가!

고향

산에 들에 나니는 새들
유별나게 마음 가는 꽃가지 있듯
세상을 팔난봉으로 헤매 다녀도
돌아가 쉬고 싶은 고향 있었네.

들꽃다발

일찍 죽는 놈

무덤엔 꽃도 많이

바칠 거 없다.

경포鏡浦를 지나며

친구여 자네도
시월 저녁 일곱 시 쯤
경포 앞 남행길을 버스로 지나면서
노을이 물든 가을 강을
본 적 있는가.

자네도 이 사람,
어스름 물굽이에 눈을 주다가
아득하니 잊어버린
옛 사랑의 이름,
느닷없이 나직하게 불러 본 적 있는가.

새삼스레 멋쩍어 낯을 붉히고
불러본 적 있는가, 씁쓰라니 옛 이름,
불혹 넘은 나이에
불러 본 적 있는가.

* 경포: 지명. 안동 내앞마을 서편, 반변천의 풍광이 빼어난 소호.

비가悲歌

가을잎 지는 거리
저녁 햇살 여울지고

무심히 새어나는
한 소절 휘파람,

아, 이는
내 흘러온 반생半生의 주조음主調音,
내 못 버리는 피리……

안단테 칸타빌레
서러운 곡조.

어떤 기도

할렐루야, 하느님
아담의 외로움 알아보시고
반려를 마련해 준 하느님.

그 별난 과물의 일로 노하실 적도
노역의 힘겨움 그에게 지웠지만
혼잣삶 벌로 주진 않으신 당신,

제 지은 죄가 많고 커서
아버지 노염이 크시더라도
아들이옵니다.

혼잣삶 벌로 주진 않으신 당신
제게도 함께 할 반려를 주소서.

구슬땀 노예처럼 뿌릴지라도
뼈 시린 이 외롬 거둬 주소서.

할렐루야,
나의 어진 사랑의 하느님.

하늘

구름자락 걷히고
바람 자는 날
풀언덕에 홀로 누워 하늘을 보면
아스라이 새파란 하늘을 보면
알 만하구나.

저 가없는 허망을
머리에 이고 있는 한
인생은 자나 깨나 우주의 바닷가에
혼자 있구나.

원시적 떠돌던 인간의 조상들이
맨 처음 바다를 만나
뜻 모를 수평 앞에 느낀 것도
이런 걸까

가을 하늘 어지러이 깊어 뵈는 날
풀언덕에 홀로 누워 하늘을 보면
알 만하구나,

이브는 다 달랠 수 없는
아담의
외롬.

바다로 가며

멀리
산과 산 사이로
호수처럼 뵈는
바다,

여신女神의 젖가슴 사이
잔잔히 일렁이는
청옥青玉.

바다여
어서 날
한 마리 돌고래나
되게 해다오.

2부

나는 애써
찔레라도 피우고파

별후別後

물은
거기서
이리 흐르고
달
여기 떠서
그리로 진다.

바람이 오가고
구름 영嶺 넘어
가고
오누나만

오고 갈 줄
모르는
사람.

그대는
거기서
꽃 피는 것 보고
나
여기서
잎 지는 것 본다.

세월은 흐르고
머리카락
한 올
두 올
희어 가는데

가고 올 줄
모르는
사람.

진혼鎭魂

어른이야 죽으면 산에 묻지마는
너는 저기 저만치 살아 있어도
어미 가슴에 숨진 아기 잠 재우듯이
여기 내 가슴에 여미어 있네.

친구 무덤가에서

살아 누운 것과 죽어 누운 게 무에 다른가.
친구 녀석 무덤가에 나란히 누워
강아지풀 입에 문 채 눈 감아 본다.
나 일어날 때, 벗이여, 그대도 깨어나게나.

버들꽃

벗이여,
간밤엔 이 뜨락의 버들가지 사이로
아, 때 아닌 눈이 오나 했더니

이 아침 햇살 아래
뜰 가득 솜꽃이 하얗게 쌓여
이른 겨울 첫눈 보듯
눈이 부시네.

허나 보게,
이는 크게 이별 지어 떠나갈 것들,
한마당 졸업식장 아이들마냥
바람결에 뿔뿔이 흩어질 것들……

거스르지 못할 물결에 흘러간
벗이여, 그대는
어디메 뿌릴 내렸나,

나는 잠시
여기 머무네.

징

내 가슴 속 해맑은 순금 빛 징 하나
꽃잎에 부딪혀도 무늬 고운 소리 나더니
친구의 누님에겐 왜 빌려줬나
함부로 두들겨서 다 깨어 놨네.

남풍 불면

남풍 속엔 어이해
겨자 냄새 나는가
코에 스며 눈물 나는
여자 냄새 나는가

나 돌아 못가네
나 돌아 못가

나무젓가락 나뉘듯
둘로 나뉜 몸
나는 이리 흘러 와
뿌릴 내렸네.

남풍이 불면야
그냥 못 있어
혼자서 들이키는
쓰거운 술잔.

찔레라도

누구는 가버린 사랑을
이슬에 씻기운 한 송이
장미로 보듬는데

그대 내 가슴에
사철
꽃도 잎도 안 피는
메마른 가시넝쿨로 남아

바람이 일 적마다
서걱
서걱
살을 저민다.

나는 애써
찔레라도 피우고파
찔레라도
피워 가지고파
눈물로 물 준다만

추억이여.
한 송이 가시 없는 풀꽃으로나
왜
피어 남지 않고.

라 트라비아타

베르디의 어느 음악을 들으면
나로 인因하여 박명薄命하여가는
여자의 눈물이 보인다.

후미진 뒷거리
성에 낀 창가에 몸을 누이고
낮빛같이 흰 수건에
동백을 토하는,

아니면
파랗게 깎은 머리를 달빛에 쪼이며
풍경 우는 절 마당을
맴돌고 있는지……

어쩌면 나마냥
흙바람 눈을 찌르는
생활의 가두街頭에서
구겨진 지전紙錢을
간추리고 섰는가!

그대 이미 어느 산 양지에
백골로 마를지라도, 용서하라
헛된 열을 거느려
참된 하나를 살피지 못한 나를.

기다리는 사람들
다 태우지 못하고 떠나온
만원滿員의 막버스마냥, 나도
어쩔 수 없었다고나 말하면 될까

베르디를 들으면
내 가슴 울어예는
가을 강 위에
비가 뿌린다.

폭풍의 언덕
–옛날 영화

주워 온 아이 히스클리프 역을
로렌스 올리비에가 하고 있었다.

철없는 소녀의 상심의 말 한 마디
소년은 집을 떠난다.
그래, 내가 떠남으로써
네가 날 사랑한다는 걸 깨닫게 해줄 거야.

그래 나도 그녀를 떠나왔고
그로부터 모든 게
어긋나고 말았지.

그녀도 가엾은 캐서린처럼
애증의 세월을 울고 웃다가

지금쯤 죽었을까,
아직 살아 있을까?

무섭게 폭풍 부는 어둔 밤이면
창밖에 누군가가 울부짖는 것만 같다.

3부

그대 설움 달래 줄
아무도 없을 때

등산기登山記

어머니를 뵈오러 산을 오르다가
무척이나 낯익은 나무들이 있어
반가워 손 흔들며 다가갔더니
하나도 아는 체를 하지 않았다.

어릴 적 방학에 시골집엘 가서
그립던 소꿉동무 찾아가 보면
〈서울내기 왔다〉고 쑤군거리곤
제 끼리만 놀고 있던 그런 인상이었다.

여숙旅宿

낮은 천정에는
이제 막
노숙露宿에서 돌아온 사나이의
이슬에 젖은 맥고모자가
묵상에 잠긴 듯 걸리어 있고,

'역마驛馬'에 쫓기는
핏대 센 사내들이 베고 간
때 묻은 목침이
윗목에 하나.

정 뜬 여자의
등살같이 차가운 흙벽에
무너져 앉아
한숨 섞어 내뿜는 담배
파아란 연기……

아직은 책장 덮듯
닫을 수 없는 문 밖으로
눈 들어 흘낏 치어다보면
까닭 없이 서슬 푸른 하늘은
간수看守인 양 저만치서 기다리고 섰다.

하차下車

낯선 도시의 역 광장
가등街燈 아래 서면
손가방 든 내가 우습구나.

길은 팔방으로 뻗어
여객은 뿔뿔이 흩어져 가고
나도 주착주착
어디라 갈 곳이나 있다는 듯이……

저기 저 길을 건너가면
어린 내 웃음과 행복이 피던 골목,
슬픔과 눈물로 떠나온 집.

이 저녁엔 어느 누가
내 손때 묻은 문을 닫고 앉아
한 상 가득 웃음꽃을 피우고 있을까?

팔방으로 뻗어나간 휘황한 길로
사람들은 분주히 돌아가는데

반기는 이 하나 없는
이 텅 빈 거리에
내 무엇 하러 내렸나.

거릿귀신

자정도 지난 빈 거리를
거닐다 돌아와
빈 방 가운데 서다.

창유리 속에
본 듯한 사내 하나
피곤한 표정
나를 보고 있다.

왜 따라 다녀, 하니
왜 따라 다녀, 한다.

다시 거리를 나돌다가
버릇처럼 방에 들면
창유리 속의 그 사내가
또 날 보고 있다.

미친 녀석, 했더니
미쳤군, 한 것 같았다.

바다에 던진 모자

VO
VOU
목 쉰 뱃고동

쪽빛 물결을
미끄러져 가면
하얀 돛을 단 배가 지나고
귤빛 등을 단 등대 지나고

반도도
대륙도
아물거리다간
석양의 수평 속에 잠기어 가고

사랑도 영웅도
잠기어 가고……

VO
VOU
작별을 하자.

뭍에서
맘이 상해
바다로 가는 사내,

낡은 모자 하나
빙그르르
바다 멀리
던져 버리다.

하와이에 와서

더운 것이 약간 흠이긴 하지만
지상에서 제일 낙원에 가깝다는
뱀 없는 섬 하와이에 와서

가까이 킬라우에 화산의 종작 못할 노염과
대태풍 대해일을 기우杞憂하여
섬째 물속으로 갈앉는 일 없을까고
자발없이 자발없이 생각해 보는 것은
하와이 살면 어떨까 싶어서다.

태평양 전쟁 때 진주만 피습처럼
소제蘇製 핵공격에 당하는 일 없을까고
펀치보울 국립묘지와 다이어먼헤드의
군사기지 볼 때
버섯구름 사진이 떠오르는 것은
여기 새로 뿌리 내리면 어떨가 싶어서다.

바다 건너 고향 마을
산업기지 댐 건설로 수몰되는데
청산도 선영도 다 가라앉고
인걸도 인정도 다 흩어지는데

남의 땅 하와이의 시골 마을 지날 때
흰둥이 검둥이 누런둥이 퍼뜨리며
한 삼백 년 다시 살 고향 없을까고
좌청룡 우백호를 두루 살핀다.

니나

니나, 그 바다 위 선셋크루즈의 갑판 위에서
내 목에 월하향月下香 목걸이 걸어주며
눈물어린 눈으로 쳐다 볼 때
정말이지 난 차마 돌아서기 어려웠지.

만에 하나 이 배가 갈앉는다면
만원의 구명정에 마지막 한 사람 너를 내리고
난 웃으며 배와 함께 갈앉을 수밖에.
갈앉을 수밖에……
아, 그런 그림이 그려지는 순간,

너는 내 귀가를 막는 사이렌? 사이렌?
그래, 난 너를 두고 선실의 춤판에 뛰어들고 말았지.
널 피하려, 널 지우려
온몸을 열풍에 찢기운 돛폭처럼 펄럭였지.

너는 유람선에서 일하는 사모아 여자
내사 남양의 낙조를 보러 온 두 시간 승객
어쩌란 말이냐,
어쩌란 말이냐
니나라는 이름조차 알 일 없는데……

* 선셋크루즈: 해질녘의 유람선 항해(sunset cruise)
* 월하향 목걸이: 튜브로즈 레이, 이 꽃목걸이를 걸어주면 다시 돌아오게 된다고 함.
* 사이렌: 희랍 신화에 나오는 뱃사람을 홀리는 마녀

과원에서

"여자에게 음욕을 품으면 마음에 간음함이라"

내 열아홉 조숙이 염려되어
마태 5장의 말씀을 되뇌이며
가을볕 잔조로운 과원에 들면

터질 듯한 과물의 숨 막히는 육감
나는 기어이 비너스의 살내음을 마시고

와락 깨물고 싶은 욕정 일어
과육 깊이 이를 박으면

아차!
이브의 죄,
아담의 회한!

망념을 휘젓고 과편을 삼키면
히히히히히히히히히히히히히
뇌수를 갈고 가는 배암의 웃음.

너는 그새 또 하나의 죄업을 마련했느냐?

달

외박하고
대문을 들어서는 딸애같이
못마땅한 달.

달은 산마루에
훤한 얼굴을 하지만

우린 요즘 네 행실을
믿을 수가 없구나.

그래 볼이 부어 바라만 볼 뿐
무어라 나무랄듯
나무라지 못하면서……

근황

몰락하여
돌이킬 수 없는 왕조의
몇 안 되는 신민의
우직한 충정 때문에
눈치 보며 살아가는
태자의 팔자처럼.

낡아
쓸모없는 교조의
눈먼 신봉자의
기분 안 다치려고
억지로 웃음 짓는
집사의 신세처럼.

자객刺客

칼을 가는 소리가 들린다.
멀고 외진 두메
깊은 석굴을 울리며
서걱서걱
칼을 가는 소리가 들린다.

파랗게 타는 안광
피에 전 얼굴
다물어 바스라진 이빨을 하고
어둠 속에 씨근씨근
칼 가는 소리 들린다.

갈아라, 자객이여,
칼을 갈아라.
그대 있어 내 오늘
원수와 더불어도 웃을 수가 있나니
한 하늘 아래서 웃을 수가 있나니

핏대 서고, 치 떨릴 때 칼 가는 소리 따라 높아
또 한 번 더 하얗게 참을 수가 있나니
갈아라, 자객이여, 칼을 갈아라
최후의 자객의
최후의 칼.

버드나무

벌판에 외로 솟은
우람한 버드나무
태풍 속의 절규여.

천만 갈래 버들가지
휘저으며 찢기우며
미친 듯 춤춤이여.

영겁의 사랑
억겁의 저주를
맹세하고 다짐하던

아, 벼락도 천둥도
다스릴 수 없던
젊은 날 내 애증의 모습.

흠뻑 젖은 버드나무
선 채로 이윽고
흐느끼고 있다.

나르시스

달밤,
호수는 거울이었다.

동굴에서 나온 사내 하나
물가에 엎드렸다.

물을 휘젓곤 들여다보고
또 휘젓곤 또 들여다보고……

웃음소린지 울음소린지 몰랐던 것은
휘젓는 물소리 때문이었을까

고개 들어 그가 짐승같이
달을 보고 울었을 때

그때 나는 보았다.
그는 나르시스인 것을.

문둥이가 되어 얼굴이 일그러진
나르시스인 것을.

시골의 달

천지에 그대 설움 달래 줄
아무도 없을 때

여기 냇가에 와
밤하늘 둥근 달을 쳐다보아라.

여울에 울먹이는 한 점 돌에도
달빛은 어루만지듯 내리고 있다.

허영의 거리에서
부나비같이 허둥대다 죽지가 부러진 그대

매연에 그을린 도회의 달이야
피멍 든 속가슴까지 닿을 수 있나.

천지에 달밖엔
그대 보아 줄 아무 것도 없을 때

여기 시골에 와
중천의 고운 달과 마주 보아라.

달맞이꽃

달을 보러
냇가에 나갔다.

노오란 달맞이꽃들이
환하게 피어 있었다.

나만 달을
좋아하는 줄 알았는데

저들은 뭣 땜에
달을 쳐다보는가.

달도 밤이슬로 반짝이는 꽃들 위에
마냥 달빛을 쬐고 있지 않는가!

문득, 나는 안중에도 없는 듯해
서운하였다.

영구靈柩 앞에서

이젠 턱도 혀도 굳어졌으니
사랑이여,
배고픔도 더는 그댈
성가시게 하진 못하겠지.

꺼이꺼이
산 사람은 길게 울다가
눈물 닦고 돌아 앉아
밥을 먹는다.

라일락

정원 한 쪽의
라일락 그늘에 서서
그녀는 화안히 웃고 있었다.

나는 반가웠으나
휠체어에 앉아서
그녀를 향해
씁쓸히 웃어 주었다.

내게로 다가 올 때
웨이브 진 머릿결이
옛날처럼 나부끼고

손길이
내 이마에
꽃향기로 얹히더니,

시야엔
다시
라일락 꽃더미뿐.

그때 나는 내 속에서
남몰래 울고 있던 한 사내의
울음의 끝부분을 듣고 있었다.

종언終焉

사랑이여,

허허벌판에
자욱하게 내려 쌓이는 눈발 속에서
걸인 내외가 불어 피우는
화톳불이여.

무녀巫女의 몸짓같이
연기만 오르고
찔레 붉은 열매만 한 불꽃 한 점
피어나지 않는 것을, 피어나지 않는 것을,

나는 차마 너의 탓이라고
너는 설마 나의 탓이라고
속눈 흘기지나 않나
못 미더워 않나 의심할 때는

천축天竺의 길 이야기보다 가슴 설레고
저 푸르디푸른 세월을 탕진하여
빚어낸 고려청자
그 수련한 태깔의 우리 사랑은

무엇이 되느냔 말이야!

4부

내 아직 적막에
길들지 못해

나의 청춘 마리안느
–옛날 영화

조조할인
송죽극장 객석엔
나 혼자뿐이었다.
줄리앙 듀비비에의
'나의 청춘 마리안느'
저녁에 보러 갔어도
나 혼자뿐이었다.

썰렁한 극장 안 낡은 스크린
그르그르 소리를 내며 영사기가 돌았다.
폭풍 불고 번개 치는 밤, 소년은
알몸으로 다가서는 여자를 뿌리치고
안개 낀 고성에 감금된
운명의 여자 마리안느를 구해 내고 있었다.

배우의 이름도
마지막 장면도 선명하지 않지만
분명 이루지 못한 사랑의 이야기였다.
소년이 결연히 말하고 있었다.
'안드로메다까지라도 찾아갈 거야.'

그날 밤 나는 내 짝사랑에게
익명의 편지 한 통을 보냈지.
'안드로메다라도 찾아갈 거야
나의 청춘 마리안느.'

오십 년 후

중학생 때 그녀 할머니 처음 뵈었을 때
난 왜 그런 생각 했을까
흰옷에 하얀 머리 비녀 지르시고
봄 햇볕 쪼이러 마루에 나앉은
검버섯에 주름 많던 그녀 할머니
누나야, 내 짝사랑 너도 늙으면
쪼글쪼글 너네 할머니 모습일 거라고.

오늘 아침 우연히 신문 보고 알았다며
오십 년 만에 처음 전화하는 너
요즘도 옛날 모습 지니고 있냐니까
염색머리, 틀니에 보청기까지 쓰는
영 틀려버린 할망구란다.

그래, 누나야 너도 죽으면
너네 할머니 닮은 해골 되겠지
그땐 나도 내 무덤 속 전화도 없는 곳에서
백골로 누워 가끔은 네가 궁금하겠지
생각 밖에 할 것 없는 긴 긴 시간 속에서
더러는 네 백골이 떠오르겠지.
열다섯 그때 얼굴 떠오르겠지.

내 아직 적막에 길들지 못해

미닫이에 푸른 달빛
날 놀라게 해

일어나 빈 방에
좌불처럼 앉다.

내 아직 적막에
길들지 못해

버레소리 잦아지는
시오 리 밤길

달 아래 그대 문 앞
다다름이여.

울 넘어 꽃내음만
한참 맡다가

달 흐르는 여울길
돌아오나니

내 아직 적막,
길들지 못해.

시름

하얗게 눈 내린 강에서
낚시질하는 유종원柳宗元이여,
폭설이 내리는 밤 홀로
강 따라 배 저어 내리는 왕휘지王徽之여.
멋있지만
시름이 보인다.

대숲 속에 혼자서
거문고 타는 사람아.
남들은 몰라도
달님은 알아준다지만
외로워 보인다.

수석水石과 송죽松竹에다
달까지 다섯이 벗이라지만
고산孤山이여.
쓸쓸한 건 쓸쓸한 거다.

가도賈島여
새도 잠든 못가를 돌아
달 아래 절간 문을

미는가 두드리는가.
고단하지 않은가?

나도 이 밤, 달 아래
여울 길을, 물안개 속을
떠다니고 있다. 몽유병자처럼
잠 못 이루고.

* 유종원: 唐宋八大家의 한 사람. '江雪'
* 왕휘지: 왕희지의 아들. 중국 동진 때의 서가. '太平還宇記'
* '대숲 속에 혼자서/거문고 타는 사람아'는 唐나라 때의 궁정시인이며 화가인 왕유의 '竹里館' 시구임.
* 고산孤山: 윤선도 '오우가'
* 가도: 唐나라 때 승려시인. '鳥宿池邊樹 僧敲月下門'

색실

어린아이 적 나는 어여쁜 색실 한 파람을
가지고 놀다가 그만 몹시 헝클고 말았습니다.
나는 온종일 그걸 풀어 보려고 애썼지만
끝내 풀 수가 없어 엉엉 울어버렸습니다.
어머닌, 까짓 것, 하찮은 거라며 버리게 하고
보다 예쁘고 긴 색실을 주셨습니다.
나는 울음을 그치긴 했지만 풀다 버린
그 색실이 몹시 아까웠습니다.

나는 자라면서 더욱 아름다운 형형색색의
수많은 색실을 보았습니다.
색실은 내가 자라 청년이 되어갈수록
질기고 길어져
풀기는커녕 때로는 내 손을 감고 몸을 감아
헤어나지 못할 뻔한 일조차 있었으니까요.
어른이 된 지금에사 돌이켜보니
인생은 색실을 헝클곤 풀다가 버리고,
또 헝클곤 풀다가 버리는 짓의
연속이 아닌가 싶습니다.

앞으로 또 몇 파람의 색실이
내 앞에 놓여질지 모르지만
아, 나라는 사람은 그걸 또 만질 것인지
그냥 둘 것인지 아직도 전혀
짐작할 수가 없습니다.

운산동 광인雲山洞 狂人 내외

집 앞 행길에 버스가 서면
그녀는 가겠다는 듯이
영 아주 떠나겠다는 듯이 달려나왔다.

집 앞 행길에 버스가 서면
사내는 달려나와 그녀 뒤에 붙어섰다.

그녀는 한 번도 차에 오르지 않았다.
사내는 한 번도 말리지 않았다.

행길에 버스가 서면 그녀는 달려나오고
그녀가 나서면 사내는 따라 나오지만,

차는 이윽고 가버리고
그들은 싱긋 웃으며 돌아오는 것이었다.

차를 기다리는 것은
모두 그 재미 때문이었다.

개안開眼

무량수불전無量壽佛殿 앞 댓돌 밑을
눈 비비며 기어 나온 꽃뱀 한 마리
몇 겁劫 후면 보살菩薩로나 태어날꺼나
무심한 듯 법당法堂 안을 쳐다보고 있네.

용계龍溪 은행나무

이것은
선 채로 흘러가는
유유한 장강長江

웅대한 코러스
포르테씨씨모의 환희.

이것은
법열로 가득 찬
오도悟道의 현장.

천 년 가람伽藍
설법하는 큰 스님.

영원이란 걸
잘 생각해 보라시며
은행잎 하나 던져 주시다.

* 용계 은행나무: 우리나라 最古의 나무 중 하나. 가슴둘레 14미터. 경북 안동시 길안면 용계리에 있다.

청산青山
-식목일에

중학생들 막깎은 머리같이
바리캉 자국이 오렷하던
산에, 한국의 산에
제법 자란 나무들
그의 어린 나무더러
너희 죽거든
서낭당 고갯목의 장승되거나
중생의 미몽迷夢 깨치는 목탁 되라던
먼 조상 유훈遺訓을
들려주고 있네.

세월 보기

예전엔 인생 70이 드물다 하고
요즘엔 섭생하면 170도 산다지만

사람은 당대에 증조부 늙는 것도 보며 자라고
증손자 크는 것도 보며 늙으니
자기 대를 합쳐서 7대를 보며 산다.

한 대 평균 30 잡아 210년 보고 가니
다 살아보진 못해도 7대 210년에 걸쳐 산다.

한데, 오늘 내 새아기 백날 아침 내 조부께서
당신의 증손자를 안고
"이 아이 이마는 내 증조부 닮았다."

어딘가 아득히 먼 데 눈을 하시고
무언가 그윽이 미소를 띠우시고……

조부님 어리실 적 당신 증조부께서
"이 아이 이마는 내 증조부 닮았다."
기억해 더듬기나 하시는 듯이.

먼 훗날 아기의 증손이 제 증손더러
이 말씀 옮길지도 몰라

누가 인생 70을 드물다 했나
400년 긴 세월이 한눈에 보이는데.

기분 좋은 날

나 어릴 적 내 증조부가 당신 증조부에게서 들은 이야기를 내게 들려준 것을
나중 내가 내 증손자에게 들려주어 그가 다시 제 증손자에게 들려준다면
모두 십삼 대 삼백구십 년은 거뜬히 이어질 거란 계산과
위로 내 증조부의 증조부의 어진 분부와
아래로 내 증손자의 증손자의 또랑또랑한 대답 소리를 그려 보노라니
한 사백 년 살고 있는 느낌이 들어 썩 기분이 좋다.
자주 이걸 계산해 보며 지내려 한다.

취운정翠雲亭 마담에게

굳이
어느 새벽꿈 속에서나마
나 만난 듯하다는
그대.

내 열 번 전생의
어느 가을볕 잔잔한 한나절을
각간角干 유신庾信의 집 마당귀에
엎드려 여물 씹는 소였을 적에

등허리에
살짝
앉았다 떠난
까치였기나 하오.

참
그날
쪽같이 푸르던
하늘빛이라니.

공작수孔雀愁

그대, 인도 옛 왕조의 어느 호사하던 왕,

머리에 조촐한 화관을 이고
깃털의 송이송이 들꽃 다발을
누구를 송축하여 이따금 펼쳐 보이나.

칠보七寶의 구중궁九重宮
무녀舞女의 나른한 팔에 감기어
환락이 천국마냥 지겹던 사내
전쟁과 패륜으로 지루를 달래던 왕,

잡아온 토인 미녀의
몸을 탐내다가
마음을 빼앗기고
눈물 배워 마침내
착하고 겁 많은 임금으로 살다가

그녀 죽자 그대 또한 슬픔으로 숨져
온몸에 비애의 푸른 멍을 띠고
이승에 한 마리 공작으로 태어난

그대 인도 옛 왕조의 눈물 많던 왕,

깃털엔
수백 수천의 호동그란 눈을 쳐들고
누굴 찾아
이따금 사위四圍를 살피나.

커튼콜

막이 내렸지만
브라보를 외쳐 대는 객석의
열띤 환호에 답하여
여러 차례 무대에 나서는
배우나 가수는 멋있다.

지금은 가고 없는 위인들 중에도
두고두고 우리를 감동케 하여
새록새록 떠오르는 이름들이 있다.
백년 또는 천년도 더 전의 역사의 무대에 섰던 이들을
우리는 다시 기려 추모하는 것 아닌가

참으로 값진 것은
오늘 열 번의 커튼콜보다도
천년이나 만년 후 사람들의 기억의 커튼을 젖히고
꿈속의 얼굴처럼 떠오르는 일이다.
구름 속의 달처럼 내 비치는 것이다.

아. 우리는 어쩌면 우리의 무대를 떠나서도
머언 먼 미래의 사람들의 머릿속에, 가슴속에
친구처럼 연인처럼 떠오를 수 있을까

오늘 빌린 옛날 비디오에 나와서
나를 울리는
사라진 영웅들의
한창 때 모습처럼

내 아내

나는 만약 다시 태어난다면
여자가 되어야겠다고 하니
아내는 다시 태어나면
남자가 되겠단다.

나는 여자로 태어나 당신 같은 남편을 만나
시중을 좀 더 잘 들겠다고 하니
아내는 남자로 태어나 나를 들볶고
구박해 보았으면 원이 없겠단다.

나는 들볶이고 구박을 받으면서도
남편을 위해 잘 참고 견디겠다 하니
아내는 내가 아무리 잘 해 줘도
한사코 트집 잡고 윽박질러 볼 거라 한다.

아내여
갈쿠리 손에 흰 머리칼 듬성한
미운 아내여.

어디 내생에 다시 나더라도
멀리 가지나 마오.

연애시

내 총각시절 긁적거린 연애시 어쩌다 읽고
자긴 마냥 껍데기와 산다며 한숨 짓는 아내여
그깐 연애편지도 아닌 지어낸 글 가지고
평생을 날 무안하게 만든 겁 많은 여자여

세상에 우째 이런 일도 다 생기나
시인에겐 애인이 있어야 좋은 글이 나온다는
말도 안 되는 말 어디서 듣고 와서
당신도 멋진 연애시 한 편 남겨 보란다.

그래, 진작 그랬으면 맘 놓고 썼을 것을,
이제 여자라곤 당신 밖에 없는 터에
내 시 속의 여자는 당신뿐일 테니
얼마나 멋진 시가 나올지, 나이 팔십에

5부

나는 아무 시름없이

산중대작山中對酌

별빛 쏟아지는 마당에
평상을 펴고

개다리소반을 마주해
친구와 쉬엄쉬엄
차를 마신다.

아내는
마른 쑥으로
모깃불을 피우며

서울 친구의
신기한 세상 얘길
홀린 듯 엿듣는다.

뒷산 소쩍새가
휘영청
달무리를 흔들자

손님은
그만 이야길 멈춘다.

백 번을 들어도 싫지 않은 새소리
백 번을 들어도 야릇한 세상사.

친구여. 날 밝거든
냇가에 나가
멍텅구리 낚시나 담그어 보세.

딱따구리

아침에 문득 뒷산에서
다르르르르
다르르르르
문풍지 떠는 소리가 난다.

아, 저건 딱따구리 아닌가
맹랑한 놈
얼마나 강한 부리를 가졌기에
착암기처럼 나무를 쪼아
벌레를 꺼내 먹는단 말인가.

아직 눈바람이 찬데
벌레들이 기지개 켜며
하품 소리라도 냈단 말인가.

옛사람은 무얼로
벼룻물이 어는 이 추위 속에
봄이 와 있는 걸 알았을까.

敢告乙丑立春이라 써서
사당 문에 붙이는데

다르르르르 다르르르르
뒷산에선 그예
문풍지 떠는 소리가 난다.

* 감고을축입춘: '감히 을축년 입춘임을 고하나이다.' 을축년에 사당에 붙인 입춘방.

칩거蟄居

절 마루에 산새가 와서 울어
유마경維摩經 읽다 말고 귀 기울이네.
문살에 어른대는 자목련 망울 고와도
산새 쫓을까 문을 못 열어.

예불 온 손님들 기침소리 나는데
나아가 맞으려도 봄 햇살 눈부실까
닳아진 책지 같은 문짝만
바라다가 또 바라보다가.

학鶴

푸른 산을 가로 질러
학이 날고 있다.

어디서 와서
어디로 가나.

천지간을 오르내리고
유명幽明 간을 드나드는 혼이여.

문득 보였다간
흔적 없이 사라지는 새.

지금 저기 물가에
적요히 쉬고 있다.

여울을 베고 누워

밤 강물에 멱을 감기는
유월 보름이 제일이라.

사람들은 마을을 비우고
여울을 베고 누웠다.

암만 오래 있어도
춥잖고 덥지 않은
어머니 품속같이 아늑한 물 속

머리만 내밀어 돌을 베고 누워
물소릴 자장가 삼아
잠을 청해 보기도 한다.

낙원이 어떤 건지 알고 싶거든
삼굿하는 유월 보름 낮을 보내고
밤 되어 달빛 아래 여울 속에 들 일이다.

개구리 소리

해마다 고운 연꽃 가까이서 보려고
앞마당에 연단지 갖다 놨더니
밤마다 청개구리, 무당개구리 모여들어
시끄럽게 우는구나, 줄기차게 우는구나.

개구리의 합창은 자연의 소리
부르고 화답하고 함께 부르는 사랑의 노래
그러나 교향곡도 밤마다 들으면 지겨운 법
그것도 같은 곡만 들으면 괴로운 법.

드디어 난 연단지를 담 밖으로 옮겨버렸다.
낮에는 길 가는 이가 꽃 보고 좋아하고
밤이면 멀리서 들리는 음악회 소리
버리면 맘 편해지는 법, 새삼 깨닫네.

집 보는 날

대문 밖에 인기척이 나서
내다보니
저녁 햇살을 지고
거지 사내가 지나간다.

제가 커피를요?
놀림을 당하는 기분이 들까
지전紙錢 한 장을 미리 주었다.

컵을 쥔 거친 손이 수전증으로 떨고 있었지만
몸을 깨끗이 하고 있었다면
술도 한 잔 했을 것을……

전화도 배달부도 오지 않는
적막한 오후

아내는 외출하고
나 홀로 집 보는 날.

두 뼘 남은 해를 지고
사내도 가 버리고……

멧돼지야 나오너라

우리 집 음식 쓰레기 어김없이 먹어 주는
기특한 멧돼지
일 년 내 따러 먹고 쏟아 부은 매실주 건덕지를
흔적 없이 먹어치우고는
사흘째 종무소식.
쓰레기는 쌓이는데,
너무 오래 자고 있는 거 아닌가?

초대
–지례예술촌에서

별하늘이 보이는 청마루에 누워
온갖 풀벌레 소리 듣는다.
사흘을 묵던 손님 떠나고
새삼 청아한 소쩍새 소리.

산 넘고 물 건너오고 있을 새 손님
밤안개 풀냄새 몸에 적신 채
어서 와 시골 술 들어 보시라.
휘영청 산중 달 바라보시라.

새 소리

봄날 새벽 꿈결엔 듯 들리는 새 소리
홀린 듯 귀 기울여 엿듣고 있자니

뚝 닥 뚝 닥
벽시계 소리 난데 없다.

고운 새 소리 귀 기우릴수록
천둥처럼 쿵쾅 대는 저 미운 소리

맞지도 않는 시계, 보지도 않던 시계
이참에 아예 버려야겠다.

새야, 고운 새야, 이제부턴,
네가 내 아침을 깨워나 주려마.

걷고 싶은 길

숲길을 걷고 싶다.
쭉쭉 곧고
굵게 자란 나무
숲 사이로 난
황톳길을 걷고 싶다.
햇살 받아
반들거리는 초록잎
향기 뿜는 꽃숭어리 사이로
뻐꾸기 소리 들으며 매미 소리 들으며
하루에 한 오십 리씩 걷고 싶구나.
하루에 걸어서 시골길 오십 리를 가면
거기 자그만 마을에 민박집이 있고,
차편에 보낸 짐을 끌러 옷 갈아입고
마을 축제장이나 야시장 같은 델
어슬렁거려도 보고
이튿날도 걸어서
숲속 길 또 오십 리를 가면
아궁이에 발갛게 장작이 타는 농가가 있고
토벽 냄새 나는 사랑방 따뜻한 아랫목에서
도토리묵에 시원한 막걸리도 얻어 마시고
또 일어나 걸어서 산속 길 오십 리를 가면
풍경소리, 목탁소리

향불 냄새 나는 산사가 있고
야삼경 구성진 염불소리
잠결엔 듯 꿈결엔 듯 듣기도 하고……
콘크리트도 아스팔트도 찻길도 아닌 길
산꿩이 날고 다람쥐며 노루가 다니는 도보길을
흙을 밟으며 낙엽을 밟으며
때로는 이웃들과, 더러는 아이 손잡고
노래하며 얘기하며 걸었으면 좋겠다.
길에서 만난 사람들과
헤어졌다 또 만나며
한가로이
한가로이
걸어서 갈 수 있는
숲에서 숲으로 이어진
시원한 길을 만들자.
맑은 물과 푸른 바람이 흐르는 숲에
걷기 좋은 길을 만들자.
때로는 동쪽으로 동해 바다까지
때로는 서쪽으로 서해 바다까지
남해까지 그리고 백두까지
곧고 굵게 자란 나무숲 속, 걸을 수 있는 길이
끝없이 이어지고 또 이어져 있으면 좋겠다.

울향鬱香

장날 아침
장바닥에
영감님이 전을 폈다.
이건 한석봉 천자문
저건 명심보감,
철늦은 토정비결
청랑결도 보이고
병진년 대한민력도 보인다.
붓 서너 자루
벼루 두어 개
먹 토막도 놓인 옆에
호박씨
수박씨
물외씨
상추씨
시금치씨며
월동초씨
팝씨 통도 늘어놓고,
우수와
경칩 사이

봄비 오다 개인 오늘
석 자 넉 자 목판 앞에
햇볕만 쬐고 있다.
찬칼
짝재칼도
가지런히 놓인 중에
엄지만한
나무토막이 있어
뭐냐니까
울향이란다.
코에 대고
냄샐 맡으며
정말 울향이냐니까
코에 대고 냄샐 맡으며
정말이란다.
저기 참빗
얼레빗
찰고무줄 파는 젊은이가
울릉도서 가져온 거라 했다.
오십 원 주고 하나 샀다.

호숫가 오솔길

가보자
굴참나무 검은 둥치와
미풍에 사운대는 나뭇잎 사이로
은비늘 반짝이는 호수를 보러.

호숫가 오솔길은 낙엽에 덮여 있고
낙엽을 밟으며
키 큰 나무그늘 속을 걸어 가보자.
호수를 바라보며 걸어 가보자.

아침이면 물안개 하얗게 피고
달밤이면 금물결 반짝이는 곳
호숫가 오솔길 걸어 가보자.
쉬엄쉬엄 숲길 따라 걸어 가보자.

때로는 호수 위로 소나기 지나가고
때로는 적막강산 눈 내리는 것 보러
키 큰 나무 그늘 속을 걸어 가보자.
호숫가 오솔길을 걸어 가보자.

상모재

달 아래
눈 위에
그림자 하나

밤길 혼자서
재 넘어 간다.

열두 발 휘날리는
상모 같은 길에

언뜻 사라졌다
다시 보이는

아득히 흔들리며
가는 점 하나.

밤길 혼자서
재 넘어 간다.

삼경三更

대웅보전 뒷산에 와
우는 소쩍새

엊그제 머리 깎은
총각 중 울리려고

서러이 서러이
울음 우는데

법당 안 조는 부처
그걸 모르고

울지 마라 울지 마라
울지 마라며

온밤 내 소쩍새만
달래고 있다.

월석月石
-스미소니언박물관에서

이 새까맣고 단단한 것이
다이아나의 살결이란 말인가
떨리는 손가락을
돌에 대어 본다.

돌이여,
사십오 억 년 전에 지구를 떠났다는 달에서
고향에 돌아온 돌이여,

널 데려 온 아폴로도
네 옆에 의젓이 쉬고 있구나.

마침 유리창 밖에서
둥근 달이 기웃거리기에

보고 지나가라고
비켜서 주었다.

* 다이아나: 로마 신화의 달의 여신, 아폴로의 누이동생
* 아폴로: 태양신, 우주선 아폴로 13호

물 한 옹큼

맑디맑은
물 한 옹큼

하늘이 있고
구름이 있네

어디를 어떻게
얼마나 돌고 돌면
이렇게 맑아지나

한 옹큼
순수를

달디 달게
마시네.

선禪

TV 앞에 앉았는데 아내가
당신 뭐해요?
TV 봐.
켜지도 않구요?
응, 켜 줘.

밥상머리에 앉으니 아내가
TV에 뭐 나왔어요?
몰라
보구도 몰라요?
글쎄, 기억이 안 나네.

아내는 내가 피곤해서라 하고
친구놈은 내가 치매라고 악담하고
돌중은 나더러 도통한 거 아닌가 하고
의사는 나더러 건망증 같다는데

약간은 맞고 약간은 틀리고
어쩌면 모두 맞고 어쩌면 모두 틀리는

이것을 나는 걱정하지 않는다.
자주 난 이런 한때를 즐기고 싶다.

이 또한 지나가리라

흘러가라
우리 여기 강 언덕에서
근심스레 보고 있나니
세차고 어지러운 탁류여
어서 흘러가다오.

바윗돌 굴리며
내리 미는 물머리가 오면
크고 작은 물고기들 물가로 밀려나와
강물 맑아지도록 기다리듯이

기다리자, 바다 새처럼
바위섬 벼랑 끝에 둥지 튼 괭이갈매기처럼
성난 바다, 질풍노도 내려다보며
날 개고 바다 자도록 기다리듯이

세상이 칸막이 없는 동물원 되어
서로 물고 뜯고 쌈질만 할 때는,
미친 좀비 떼가 몰려다닐 때는
피하는 수밖에 도리가 없구나.

아득한 옛날부터
드럽고 기막힌 세상 있어 왔고
그래도 우리 용하게 살아남았거니
지금이나 앞으로도 그러할 거니

새삼스런 일 아니라오
지진도 해일도 끝이 있나니
'이 또한 모두 지나가리라.'
우리 여기 담담히 기다리다 가리라.

지나가라.
시궁창아,
어서 썩 멀리 흘러가거라.

우리 개 양순이

웃기기 잘하는 친구가 찾아와
흙마당에 자는 듯 누워 있는 양순이를 보고
자기가 와도 아는 체를 않는다고
'불학무식'하다고 헛욕을 해댔다.

땅을 요 삼고 하늘을 이불 삼고
와선臥禪에 든 건지 적정寂靜에 든 건지
좌망坐忘을 하는 건지 오상아吾喪我의 경지인지
달관도 같고 해탈도 같다.

"자네 눈이 삐었네.
대낮에 사람 드나드는 마당 한가운데
땅바닥에 배 붙이고 '오불관언'하는 경지
자네 저만큼 초탈할 수 있나?

양순이는 불학무식이 아니라
절학무위絕學無爲!
저렇게 되자면 나는 백 년,
자네는 한 오백 년은 걸리겠지?"

봄소식

버들개지 사진 찍어
카톡으로 보냈더니

서울선 시위대 사진이
시리즈로 왔네.

봄이 와도 봄이 온 줄
모를 것 같아

매화가지 여러 장 찍어
다시 보낸다.

나는 아무 시름없이

증석曾晳은 늦은 봄날 새 옷 입고서
어른 대여섯과 아이들 예닐곱과
물에 가 멱 감고 언덕에 바람 쐬고
시를 읊조리며 집으로 오고

도잠陶潛은 울타리 아래 국화송이 따 들고
물끄러미 앞산을 향해 서고
지촌芝村은 종일토록 말없이
먼산바라기 하고 있네.

단원檀園은 나귀를 세워
버들 숲 꾀꼬리 소리에 귀 기울이고
프로스트는 함박눈 속에 말을 세우고
숲에 눈 내리는 것 보고 있다.

데이비스는 다리 아래 물결이
밤하늘 별처럼 반짝이는 것을 보고 있고
강희안姜希顔은 너럭바위에 엎드려져
고인 듯 흐르는 물을 내려다보네.

나는 여기 산 중에서
달도 지고 새도 잠든 밤
지구가 스스스스 혼자 도는 소리
눈 감고 듣고 있다. 아무 시름없이.

* 증석: 공자의 제자. 논어 선진先進 편에 나옴
* 도잠: 동진말東晉末의 시인. 도연명陶淵明은 그의 자字. '採菊東籬下 悠然見南山'이란 명구가 있음
* 지촌: 김방걸金邦杰. '終日無言對碧岑'이란 시구가 있음
* 단원: 김홍도의 호. '馬上聽鶯圖'를 그림.
* 프로스트: Robert Frost. 미국시인. 'Stopping by woods on a snowy evening'이 있음.
* 데이비스: W.H.Davies. 미국시인. 'Leisure'의 구절
* 강희안: 조선 세종 때의 문신, 화가. '高士觀水圖'
* 지구가 스스스스 혼자 도는 소리: 김원길의 시 '고요'에 나옴

신선도神仙圖

무봉천의無縫天衣에
백발과 하얀 수염
대추빛 얼굴의 노인 둘이
용틀임한 노송老松 아래 바둑을 두고 있다.
선녀들이 그 옆에 천도天桃 바구니를 들고 섰다.

신선은 바둑에 져도 기분이 좋아야 한다.
신선은 천도를 안 먹어도 배고플 리 없을 텐데……
신선노름엔 도끼자루 썩는 줄도 모르는 법.

웬일일까
저만치 바위 그늘엔
돌아궁이에 찻주전자 얹어놓고
매운 연기 피우며 불을 부는 동자童子 하나
검댕과 눈물로 범벅이 된 얼굴……

신선 나라에 계급 있구나.
신선 나라에 노사勞使있구나.
노동쟁의爭議 있을라. 계급투쟁 있을라
화공畵工이여, 실없이
동자童子는 왜 그려 넣었나.

여보쇼, 모르는 말씀 마시오.
신선이 어디 거저 되는 줄 아시오?
저 동자童子도 눈물 콧물 흘려야 신선이 될 맘을 낼 게 아니오!

고사관수도高士觀水道

모자 따윈 필요 없다.
오늘 하루는 백수가 되자.

세상은 깎아지른 석벽같이
날이 서고 삼엄하지만

옷고름도 풀고
너럭바위에 엎으러져

고인 듯 흐르는
물을 내려다보자.

명경 같은 수면에 청산도 멋있고
청산이 바람결에 흔들리는 것도 좋지만

이 평화와 고요 속에
말없이 있고 싶다.

흐르다 고인 물에 눈을 주고서
보이면 보고 안 보여도 좋고

그냥 그저 그러다가 해 저물 때까지
물과 어둠이 하나 될 때까지
보이면 보고 안 보여도 좋고.

카톡이나

우리 절대 만나지 말아요
이 나이에 뒷감당을 어찌하려고.
아주 센 자석처럼 바로 붙어버려요.
보나마나 그 상처를 또 어찌하려고.
그러니 카톡이나 주고받자구요.
젊을 적 사진있음 보내주세요.
그래 봐야 이 삼 년, 길어봐야 사오 년
만나지는 말아요, 우리 절대로

| 해설 |

인간 본연에 뿌리 내린 시

尹錫山(시인, 한양대 명예교수)

1

시는 서정성(抒情性)을 그 바탕으로 하는 문학양식이다. 다시 말해서 '서정'이 바로 시라는 문학양식이라는 의미이다. 그러나 요즘에 이르러 '서정시'가 따로 있고 '현대시'가 따로 있다는 식으로 이야기들을 한다. 과연 그런가. 그렇지 않다. 아무리 현대적 의미를 지닌 시라고 해도, 그 시 역시 서정성을 벗어나는 것은 아니다. 다만 서정을 이루는 그 모습이 다를 뿐이다.

그러면 '서정성'이란 무엇인가. 이러한 문제에 관하여 일찍이 문학이론가들은 '세계의 자아화(自我化)'라고 말하였는가 하면, 또 '자아와 세계의 동일성'이라고 언급한 바 있다. 다시 말해서 서정성이란 '자아'라는 주체와 '세계'라는 객체의 관계 설정 위에서 이룩되는 것이라는 이야기이다. 즉 자아라는 주체가 세계라는 객체와의 관계에서 갈등을 일으키거나 대립의 상태를 지니는 것이 아니라, 서로 동화하고 융화하여 일체의 간극이 없이 되는 상태를 의미한다고 하겠다.

이와 같은 서정에의 견해는 그 간 많은 논의의 대상이 되어 왔다. 과연 '서정'이란 이러한 문학이론가들이 말한 바와 같이 주체와 객체가 어떠한 갈등도 일으키지 않고 일체화를 이루는 것만을 말하는가 하는 문제를 놓고 많은 논란이 되어 왔다. 특히 서정의 대표 양식이라고 할 수 있는 시에 대한 고정적 관념이 무너지고, 시의 새로운 형식이 요구되는 오늘이라는 시대에 더욱 이와 같은 문제는 심각하게 표출이 되고 있다.

이러한 논란은 요즘에 들어와서 한국의 시단을 뜨겁게 달구기도 하였다. 심화된 언어 분절의 키워드를 특징으로 삼고, 시의 서정적 지평을 넓히고자 하는 젊은 시인들과 이러한 젊은 시인들의 시에 관한 견해에 회의적 시선을 드리우며, 전통을 잇고자 하는 쪽의 열띤 논쟁이 오고 갔다.

이와 같은 작금의 논의는 궁극적으로 서정성에의 확대이냐, 아니면 서정성의 심화이냐의 문제와도 일맥상통한다고 하겠다. 즉 시대적 문제나 시대성을 서정의 형태에 담음으로 해서 서정성을 확대해 나가는 경우와, 휴머니즘이 추구하는 따뜻한 인간애와 자연이 지닌 근원적 부드러운 모성이 비인간화된 현대사회가 안고 있는 병폐를 치유할 수 있다는 믿음을 근거로 추구하는 서정에의 심화가 이를 말한다고 하겠다.

이번 상재되는 김원길 시인의 시집은 대체로 후자에 해당이 되는 시들이다. 시인이 서문에서 말하고 있고, 또한 시집의 중요한 시적 제재가 되는 "그리움, 외로움, 이별, 회한, 방황, 절망, 체념, 영원, 한거, 달관" 등의 어휘가 지니고 있는 모습 또한 이러함을 함유하고 있다고 판단된다.

특히 시인은 이러한 여러 유형의 어휘를 '적막'이라는 하나의 어휘와 연관하고, 또 "그리움, 외로움, 이별, 회한, 방황, 절망, 체념, 영원, 한거, 달관" 등으로 나누어 한 권의 시집으로 꾸미고 있다. 그러면서 이 '적막'에는 어떤 것은 외로움, 그리움, 회한같이 슬픔이 깃든 것들이고, 어떤 것은 방황, 절망, 절규같이 아픔이 깃든 것들이고, 또 어떤 것들은 체념, 명상, 달관같이 고요함이 깃든 것들이었다고 토로하고 있다.

나아가 '적막'에는 양면이 있고, 외롬과 괴롬만이 적막이 아니라 체념과 각성을 통한 달관이야말로 적막의 진면목이라고 말하고 있다. 또한 이러한 적막과 벗하면, 거기서 비로소 인생은 묘리를 얻었고, 적막을 선택하고, 길들이고, 즐기는 것, 그것이 바로 구도의 과정이 된다고 말하고 있다.

적막을 통하여 마치 구도자와 같은 마음작용을 들여다보며, 이를 서정의 양식인 시에 담고자 한 것이 바로 이번 김원길 시인의 『적막행寂寞行』이라고 하겠다.

2

그리움에서 비롯되어 달관에 이르는 과정은 어떤 의미에서 참으로 복잡하다. '그리움'은 '외로움'을 수반하고, '외로움'은 어느 의미에서 '이별'에서 비롯된다. 그런가 하면, '이별'을 통한 '그리움', '외로움'은 '회한'과 '방황', 그리고 '절망'과 '체념'으로 진행이 되기도 한다. 이러한 과정 속에서 아픔과 성장을 하게 되고, 마침내는 '영원', '한거', '달관'의 경지에까지 이르게 되는 것 아니겠는가. 나아가 이러한 모든 과정이나 상태는 궁극적으로 '적막'을 그 기저(基底)에 안고 있기에 이루어지는 것들이기도 하다.

이러한 일련의 마음가짐의 모습을 시인은 한편, 한편 시로 써

나간다. 나아가 앞에서 말한 바와 같이, 휴머니즘이 추구하는 따뜻한 인간애와 대자연의 부드러운 모성 등을 기저로 하는 서정에의 심화를 추구하고 있음을 볼 수가 있다.

어느 누구에게도 고향은 그리움의 원천이 아닐 수 없다. 그러나 현대인에게는 고향이 없다고 한다. 그리움의 원천을 잃어버리고 있는 현대인은 그래서 불행하다고 하겠다. 고향에의 그리움은 모든 정서의 본원적인 샘과 같은 것이기 때문이기도 하다.

산에 들에 나니는 새들
유별나게 마음 가는 꽃가지 있듯
세상을 팔난봉으로 헤매 다녀도
돌아가 쉬고 싶은 고향 있었네

-「고향」의 전문

한 생애라는 것이 어쩌면 여기에도 부딪쳐 보고, 저것에도 부딪치며 살아가는 '팔난봉'과 같은 것 인지도 모른다. 백년 안팎이라는 길다면 길고, 짧다면 짧은 생을 살아가면서, 이 일도 해보고, 저 일에도 부딪치며, 해보지 않은 일이 없을 정도로 대부분의 사람들은 이곳저곳으로 옮겨 다니며 수많은 일들을 만나고, 또 겪으며 살아간다. 예전과도 같이 태어난 고장에서 그대로 살아가며, 농사면 농사 하나만을 일평생 동안 지으며 살아가는 그런 삶보다는, 이 지역에서 저 지역으로 옮겨 다니며, 다양한 일들과 만나며 사는 것이 오늘을 사는 사람들의 한 모습이며 특징이기도 하다.

그러나 이렇듯 세상을 떠돌 듯이 살아가는 삶속에서도 결코 놓지 못하는 하나의 끈이 있으니, 그것은 다름 아닌 '고향'에 대한 그리움의 마음이다. 바쁘고 어려운 삶속에서도 문득 자신도 모르게 떠오르는 고향에의 향수는 우리의 깊은 내면에 자리한 그리움으로 우리를 때때로 흔들어주곤 한다.

이러한 그리움의 정서는 헤어짐으로부터 비롯된다. 따라서 헤어짐으로 인하여 서로 만날 수가 없고, 그 만나지 못하는 가운데에서 자연스럽게 생겨나는 것이 바로 그리움이라는 정서인 것이다. 다음의 시들은 고향에 대한 그리움은 아니지만, 헤어짐이라는 그리움의 기반이 되는 시들이 된다.

살아 누운 것과 죽어 누운 게 무에 다른가.
친구 녀석 무덤가에 나란히 누워
강아지풀 입에 문 채 눈 감아 본다.
나 일어날 때, 벗이여, 그대도 깨어나게나.

-「친구 무덤가에서」의 전문

벗이여,
간밤엔 이 뜨락의 버들가지 사이로
아, 때 아닌 눈이 오나 했더니

이 아침 햇살 아래
뜰 가득 솜꽃이 하얗게 쌓여
이른 겨울 첫눈 보듯
눈이 부시네.

허나 보게.
이는 크게 이별 지어 떠나갈 것들.
한마당 졸업식장 아이들 마냥
바람결에 뿔뿔이 흩어질 것들……

거스르지 못할 물결에 흘러간
벗이여. 그대는
어디 메 뿌릴 내렸나.

나는 잠시
여기 머무네.

-「버들꽃」의 전문

두 편의 시 모두 젊은 시절, 한 시절 함께 보낸 친구와의 이별을 노래하고 있다. 앞의 시는 먼저 죽은 친구에의 그리움을 노래하고 있다면, 뒤의 시는 어린 시절 함께 자랐지만, 이제는 나이가 들어 지금 어디에 사는지 알 수 없는 친구에의 그리움을 노래한 시이다.

시적 화자는 친구의 무덤가에 누워서 "살아 누운 것과 죽어 누운 게 무에 다른가."라고 독백과 같은 말을 한다. 이 말은 곧 살아 있으나, 죽었으나 무엇이 그 차이가 있는 것인가라는 매우 철학적인 의미를 띠고 있는 말이라고 하겠다.

공자(孔子)의 제자 계로(季路)가 죽음에 관하여 물으니, 공자께서 "삶도 제대로 모르는데 어찌 죽음을 알 수 있겠느냐.(未知生 焉知死)"라고 대답한 것은 너무나도 잘 알려진 이야기이다. 이 언명은 어느 의미에서 죽음을 모른다는 것이라기보다는, 삶과 죽음이 궁극적으로 같다는 생사일여(生死一如)의 견해이기도 하다. 이와 같은 의미의 말을 화자는 친구의 무덤가에 누워서 하고 있는 것이다. 그러면서 강아지풀 입에 물고 눈감아 보며, 먼저 떠나간 친구를 그리워하고 있는 것이다. 아무리 생과 사가 같은 것이라고 해도 그리움은 그리움으로 남아 있음이 바로 인간적인 모습이 아니겠는가.

또한 봄날 바람에 뿔뿔이 흩어지는 버드나무 꽃씨 마냥, 어린 시절 각기 자신의 삶을 찾아 떠난 친구들에 대한 그리움을 노래하고 있다. 버드나무 씨앗들이 바람을 타고 흩어져 가다가 어느 흙에 내려앉으면, 그 자리에 정착하여 뿌리를 내리고, 가지를 뻗어나가고, 또 다른 풀씨들을 퍼뜨리듯이, 친구들 역시 거스를 수 없는 시간이라는 물결에 흘러가 낯선 곳에서 각기 뿌리를 내리고 살아갈 것을 생각하며, 이렇듯 떠나가 지금은 그 생사조차 알 수 없는 친구에 대한 그리움을 노래하고 있다.

김원길 시인은 바로 이러한 그리움이라는 가장 근원적 정서를 바탕으로 한 시, 곧 전통적 방식의 서정성을 추구하는 시인이라고 하겠다

3

그리움은 여러 형태를 띠고 있다. 그러나 그 그리움의 가장 기본적인 원형은, 이루고자 하는 욕구와, 이루지 못했거나, 이룰 수 없는 현실과의 부딪침에서 비롯된다. 고향을 가고 싶으나, 갈 수 없을 때, 누구를 만나고 싶으나 그를 만날 수 없을 때, 그리움은 돋아난다. 그러므로 그리움은 그 원천적으로 '회한과 함께 비극적인 요소'를 함께 지닌다고 하겠다.

내 가슴 속 해맑은 순금 빛 징 하나
꽃잎에 부딪혀도 무늬 고운 소리 나더니
친구의 누님에겐 왜 빌려줬나
함부로 두들겨서 다 깨어 놨네.

-「징」의 전문

시적 화자는 친구의 누님을 애모했던 모양이다. 그러므로 자신이 지닌 그 연모의 모습은, 마치 징채를 들어서 치면 이내 해맑은 순금 빛 소리를 내는 징과 같이 해맑은 것이었다고 회고한다. 그래서 꽃잎에 부딪혀도 무늬 고운 소리를 내는 그런 징과 같은 것이 바로 그 누님과 화자와의 관계이며 모습이었다고 술회한다. 그러나 그 연모는 어느 시간엔가 그 누님에게 가서 그만 깨어지고 말았다. 이룩되지 못한 것이리라. 그러므로 징징이며 가슴에서 아프게 우는 징으로 남아 있는 것이다. 이는 그리움이며, 동시에 회한으로, 또는 비극적 아픔이 되기도 한다.

낯선 도시의 역 광장
가등(街燈) 아래 서면
손가방 든 내가 우습구나.

길은 팔방으로 뻗어
여객은 뿔뿔이 흩어져 가고
나도 주착주착
어디라 갈 곳이나 있다는 듯이……

저기 저 길을 건너가면
어린 내 웃음과 행복이 피던 골목.
슬픔과 눈물로 떠나온 집.

이 저녁엔 어느 누가
내 손때 묻은 문을 닫고 앉아
한 상 가득 웃음꽃을 피우고 있을까?

팔방으로 뻗어나간 휘황한 길로
사람들은 분주히 돌아가는데

반기는 이 하나 없는
이 텅 빈 거리에

내 무엇 하러 내렸나.

-「하차(下車)」의 전문

그리움, 또는 그리움을 동반하는 회한과 비극적인 요소들은 흔히 방황을 낳는다. 어느 곳 하나 정착하지 못하고, 자신을 추스르지도 못한 채, 이리저리 마음 떠돌아야 하는 방황으로 이어지는 것이 일반적인 모습이다.

사람살이란 어쩌면 자신에게 주어진, 혹은 자신이 선택한 열차와 같은 세월을 타고 가다가는 이내 일정한 각기의 역에서 내려야 하고, 이내 내린 지점에서 다시 다음 장소로 가야하는, 그러한 노정을 감내하며 살아가는 것이리라. 그러나 때때로 내린 역에서 다음 옮겨갈 장소가 없어 그저 망연해 해야 하는 사람 또한 있게 마련이다,

위의 시는 자신이 가야할 삶의 방향을 잃고 떠도는 사람, 이러한 막막함을 역전에 내려 갈 곳이 없는 사람으로 비유하여 노래한 작품이다. 삶이란 인생의 구간 구간에서 하차를 하지마는, 어쩔 수 없이 하차를 하여 다음 구간으로 가야만 하지만, 때로는 갈 곳이 없어 떠도는 것 또한 우리네 삶의 한 모습이 아니겠는가. 그러므로 이러한 상황을 맞아 스스로 방황하게 됨이 우리의 모습이다.

고향을 잃은 채, 혹은 사랑하는 사람들과 만나지 못하는 현실과 함께, 그리움을 안고 방황을 하는 것이, 마치 어느 낯선 역에 내려서, 역전을 서성이는 우리들 삶의 한 모습이기도 하다.

4

본원적인 그리움을 지닌 방황은 때때로 체념을 낳기도 하고, 이 체념은 때때로 우리 모두 추구하는 영원으로 승화되기도 한다. 다음의 시들은 바로 이와 같은 과정이 잘 노래된 작품들이다.

미닫이에 푸른 달빛
날 놀라게 해

일어나 빈 방에
좌불처럼 앉다.

내 아직 적막에
길들지 못해

벌레소리 잦아지는
시오 리 밤길

달 아래 그대 문 앞
다다름이여.

울 넘어 꽃내음만
한참 맡다가

달 흐르는 여울길

돌아오나니

내 아직 적막.
길들지 못해.

-「내 아직 적막에 길들지 못해」의 전문

시적 화자는 그리움이나 연연함의 마음을 지니는 그 자체가 바로 적막에 길들지 못한 것이며, 진정 적막에 들어가지 못한 것이라고 노래하고 있다. 미닫이를 비추는 푸른 달빛에 놀라 일어나 좌불(坐佛)처럼 앉아 있기도 하고, 벌레소리 잦아지는 시오 리 밤길을 내달아 그대 문 앞에 서기도 하며, 울 넘어 풍겨오는 그대 뜨락의 꽃내음이나 맡다가, 달 흐르는 여울길 따라 되돌아오는 자신의 모습은, 이제 그대에 대한 그리움의 체념을 통해 적막에 이르고자하지만 그런 행위 자체까지가 적막에 길들지 못한 탓이라고 화자는 술회한다.

그러나 이는 체념이기보다는 더욱 간절한 그리움의 표출이다. 버리고자 해도 결코 버릴 수 없는 그리움의 애틋함이다. 마치 법당 댓돌 밑에서 눈 부비며 기어 나와 법당을 무심코 들여다보는 꽃뱀과도 같이, 비록 그 외양은 아름다운 꽃의 무늬를 지녔지만, 사람들이 모두 피하는 그런 꽃뱀과도 같은 오늘의 모습이 수억 겁을 지나 업보에 의하여 중생에게 자비를 베풀 보살로 다시 태어나듯이, 오늘의 이 연연한 그리움은 언제 다시 새로움으로 태어날 것인가를, 화자는 영원을 빌려 꿈꾸고 있는 것이다.

무량수불전(無量壽佛殿) 앞 댓돌 밑을
눈 비비며 기어 나온 꽃뱀 한 마리
몇 겁(劫) 후면 보살(菩薩)로나 태어날거나
무심한 듯 법당(法堂) 안을 쳐다보고 있네.

-「개안(開眼)」의 전문

시적 화자의 그리움은 이와 같은 영원을, 아니 영겁(永劫)을 꿈꾸며, 오늘의 삶을 마치 꿈틀거리는 한 마리 뱀 마냥, 그렇게 서럽게 살아가는 것이다. 그러나 모든 것, 세상의 모든 것, 자신이 지닌 그리움까지도 실은 하나의 하찮은 욕망에서 비롯된다는 것을 스스로 깨닫게 되고, 이내 모든 것을 놓아버리는, 그러므로 세상을 세상으로 바라보게 되는 그러한 경지에 이르게 된다. 이러함이 바로 한거(閑居)와 달관(達觀)의 경지이다.

절 마루에 산새가 와서 울어
유마경(維摩經) 읽다 말고 귀 기울이네.
문살에 어른대는 자목련 망울 고와도
산새 쫓을까 문을 못 열어.

예불 온 손님들 기침소리 나는데
나아가 맞으려도 봄 햇살이 눈부실까
닳아진 책지 같은 문짝만

바라다가 또 바라보다가.

-「칩거(蟄居)」의 전문

산사에 들어 유마경(維摩經)을 읽으며 부처님의 가르침을 마음으로 담아내다가, 문살에 어른대는 자목련 망울 고와도, 그래서 그 고운 자목련 망울이 보고 싶은 마음이 불현 듯 일어나도, 절 마루에 와서 우는 산새가 문 여는 소리에 놀라 날아갈까 보아. 문을 열지 않는 그 마음. 또는 예불 온 손님들 기침소리가 들려와 나아가 맞이하려고 하다가도, 문을 열면 햇살에 눈부실까 하여, 방에 그저 앉아 문짝만 바라보는 그 마음.

이러한 마음은 궁극적으로 모든 것을 내려놓고자 하는 그런 마음이 된다. 그러므로 그리움도, 그리움으로 인한 아픔도, 방황도, 회한도, 체념까지 모두 내려놓고자 하는 그러한 마음이 된다. 결국 이러한 마음가짐은 세상의 어떠한 일에도 마음 쉽게 흔들지 않는, 그러므로 평상의 그 마음 그대로 지니게 되는 달관(達觀)으로 이어진다.

버들개지 사진 찍어
카톡으로 보냈더니

서울선 시위대 사진이
시리즈로 왔네.

봄이 와도 봄이 온 줄
모를 것 같아

매화가지 여러 장 찍어
다시 보낸다.

-「봄소식」의 전문

시의 화자가 사는 곳은 이제 봄이 한창이다. 봄과 같은 그러한 싱그럽고 또 따스한 기운이 한창이다. 그래서 이 봄을 알리는 버들가지를 찍어 보냈더니, 서울에서 답장 온 사진은 시위대가 온 서울을 점령하듯이 극성을 부리는 모습을 담고 있다.

사람살이는 어쩌면 이렇듯 봄이 와도 봄이 온 줄을 모르는 것인지도 모른다. 봄이 왔는지, 겨울이 갔는지, 또는 봄이 가고 여름이 오는지도 모르고, 일컫는바 철도 모르는 채, 자신의 욕망에 매달려서 이리 뛰고 저리 뛰며 살아가는 것이 오늘의 사람살이인지도 모른다.

이러한 속에서 화자는 봄이 와도 모르는 그 안타까움을 매화꽃이 핀 매화나무 가지를 사진에 담아 보낸다. 세상의 봄을 봄으로 느끼며 사는 그런 세상을 만드는 것 또한 시인의 일이기도 하다. 봄이 왔는데도 모르고 사는 사람들에게 사진을 찍어 알리듯이, 시를 써서 사람들 마음에 봄이 깃들도록 하는 것 또한 시인의 일 아니겠는가.

김원길 시인의 시에서는 바로 이와 같은 세상을 향한 메시지가 담겨 있음을 알 수가 있다. 자연과 순리에 순응하며 마음의 찌꺼기 모두 버린 달관의 경지를 이루며 살아가는, 그 궁극적인 모습을 찾을 수 있는 것이다.

5

김원길 시인이 시집의 표제를 삼고 있는 '적막(寂寞)'이란 단순한 적막이 아니다. 『중용(中庸)』에서 일컫는 바와 같이, '하늘이 하는 일은 소리도 없고 냄새도 없다.(無聲無臭)'는 그 말씀과도 같이, 우주적 근원을 의미하는 것이기도 하다.

수많은 삶의 노정을 거치면서 이룩한 경지가 바로 무성무취(無聲無臭)의 우주적 경지인 적막(寂寞)인 것이다. 그러므로 이 안에 "그리움, 외로움, 이별, 회한, 방황, 절망, 체념, 영원, 한거, 달관" 등의 모든 것이 담긴 것이요, 나아가 이들 모두를 초월하는 경지가 아닌가 생각이 된다.

이러한 시의 길은 김원길 시인의 독특한 삶에서부터 비롯된 것이라고 추정된다. 시인이 스스로 쓴 산문(散文)에서도 술회하고 있듯이, 김원길 시인은 일찍이 남다른 예술에의 길을 걸어왔다. 시인의 이야기를 들어보자.

1983년 10월 하순 생면부지의 재미 소설가 김용익 교수가 지레 내 집을 찾아 온 것은 내 생애의 운명적 사건이었다.

그 무렵 4백년 세거의 우리 마을은 정부의 임하댐 건설로 수몰되어 어디론가 이주를 해야 하는 문제로 고민하고 있을 때인데 김용익이 말하기를 이 건물들로 미국처럼 Artist's Colony를 해 보면 좋을 거란 거였다. 그에 의하면 미국의 예술인 집단거주지는 도심에서 멀리 떨어져 있기 때문에 매우 조용해서 예술창작에 최적지로 인기가 있는데 이곳 지례는 오히려 거기보다 더 조용한 곳이니 그걸 하면 성공할 수 있을 거란 것이었다. 이게 무슨 복음인가! 종가인 우리 집은 수몰되는 문화재급 고건물이 10동이나 되어 옮겨 갈 장소도 마땅치 않거니와 옮긴 후 관리 방안이 막연하던 차 그의 말처럼 예술촌을 만든다면 멀리 갈 것도 없이 바로 집 뒷산으로 옮기고 내가 예술촌으로 운영하면 해결이 되는 것 아닌가.

내 머리는 그 날부터 온통 예술촌 건립에만 몰두하였다. 그리고 혼신을 다하여 그걸 일구어 내었다. 나는 그로 인해 정부로부터 문화훈장을 받기도하고 언론사로부터 "장한 한국인상"을 받고 프랑스의 "미슐랭"에 등재되기도 했다. 국내외의 많은 예술인이 작품을 하거나 우리 전통문화를 보러 왔다. 나는 그들에게 내 시를 보여주는 게 우리 문학을 소개하는 거란 생각에 내 시선집을 영어, 일어, 불어, 중국어로 번역하여 예술촌을 찾아온 외국인들에게 선물로 주고 있다. 그런 노력이 알려져서 2016년 겨울엔 '대한민국한류대상'을 받기도 했다.

나는 그날부터 30여 년간을 몸도 마음도 산사람이 되어서 더 이상의 실연시류나 풍자시를 쓰지 않고 자연, 영원, 명상의 시를 쓰게 되었다. 자연 속에서 유유자적하는 "시름없는 시", "무념무상"을 지향하는 선시(禪詩)를 쓰게 되었다. 적막하게 살면서도 외롬을 느끼지 않는 삶을 산 것이다.

-김원길 〈나의 문학인생〉 중에서

김원길 시인의 고백과 같이 자연에 싸여서, 자연과 벗하면서 선시(禪詩)와 같은 시들을 시인은 썼던 것이다. 그러나 김원길 시인의 시는 다만 '선(禪)'에의 경지만이 아니니다. 인생의 많은 길을 돌고 돌아서 맞이한, 아니 도달한 우주적 근원인 적막(寂寞)이라고 말할 수가 있다.

이 적막은 선(善)과 악(惡)이 분별되기 이전의, 혹은 기쁨과 슬픔이 분별되기 그 이전, 아니 좋음과 나쁨이 분별되기 그 이전의 근원적인 '본연의 성(性)'이며, 동시에 시인들이 추구하고자 하는 '서정(抒情)의 근원'이기도 하다. 이러한 서정에 뿌리를 두고 쓰는 김원길 시인의 시들은 오늘이라는 후기자본사회, 후기산업사회가 안고 있는, 황폐해진 인간성을 되돌아보고, 또 이를 다시 살리고자 하는, 그런 자양이 될 것으로 믿어마지 않는다.